AF293094

Polly Oberman

Was du nicht siehst.

Geschichten übers Mensch-Sein

Impressum

Bibliografische Information der Deutschen Nationalbibliothek:
Die Deutsche Nationalbibliothek verzeichnet diese Publikation in der Deutschen Nationalbibliografie; detaillierte bibliografische Daten sind im Internet über http://dnb.dnb.de abrufbar.

Covergestaltung: Maybritt Renk

Herstellung und Verlag: BoD – Books on Demand, Norderstedt

ISBN: 9783757889289

Für alle komplexen, emotionsgeladenen und
widersprüchlichen Menschen da draußen.
Ihr seid nicht alleine.

Vorwort

Willkommen im EC 217 von Frankfurt nach Graz an einem unbedeutenden Freitagnachmittag. Der Geruch von schalem Bier und Schweiß vermischt sich mit dem unbeschreiblichen und doch eingängigen Geruch von hormongetriebenen Jugendlichen. Laute Gespräche treffen auf die erkaufte Stille durch Noise -Cancelling-Kopfhörer. Man sieht Menschen, die in ihren Laptop, ihr Smartphone, ihr Buch blicken und Menschen, die sich gerne unterhalten. Sie sind auf dem Weg zur Arbeit oder haben sich mit Lunchpaketen auf eine längere Strecke vorbereitet. Man sieht den Durchschnitt der Gesellschaft, aufeinandertreffend in einem engen Raum, verbunden durch das Element der Reise.

Und hier ist, was du nicht siehst …

Thomaz

Meine Finger flogen über die viel zu kleine Tastatur des Laptops, den ich extra für Außentermine angeschafft hatte. Ich verband einen tiefen Hass mit dem Gerät, das mir so vieles hätte erleichtern sollen. Ich fluchte innerlich, als ich wieder zwei Buchstaben auf einmal tippte. Wann war das alles so kompliziert geworden? Wo sind die festen Arbeitszeiten hin und das Büro mit dieser einen Grünpflanze, die irgendwie nie zu sterben schien? Und der entspannte Weg zur Arbeit. Ihn hatte ich geliebt. Zugfahren hatte ich geliebt. Es war meine Zeit gewesen. Das Aus-dem-Fenster-gucken, das Gedanken-schweifen-lassen. Jetzt musste ich schon auf dem Weg zur Arbeit produktiv sein, To-Dos abhaken, Karriere machen.

Das Monster, das mir seitdem auflauerte, krallte seine Pranken in meine Lunge und drückte mir langsam die Luft ab.

Ich drückte die Löschtaste.

Drückte etwas zu fest, wie ich feststellte, als die halbe E-Mail vor meinen Augen verschwand. Einem Impuls folgend klappte ich meinen Laptop zu.

Klappte ihn wieder auf.

Klappte ihn zu.

Das Geräusch schien die Aufmerksamkeit von einem Teenagermädchen geweckt zu haben, das mich sofort an meine Tochter erinnerte. Sie trug ein absichtlich verwaschenes AC/DC-Shirt und wusste vermutlich nicht mal, dass dies eine Band und kein Klamottenlabel war. Sie erinnerte mich sehr an meine Marie-Luise. Mein Mariechen, das kaum noch mit mir sprach, seit ich ausgezogen war. Als ob ausschließlich ich die Schuld am Scheitern der Ehe hätte. Als ob ich allein unsere Familie zerstört hätte. Weil ich nur noch Arbeiten war, für den Wohlstand, für das Haus mit Garten, für meine Familie.

Versorger-Falle hatte es die Paartherapeutin genannt und dem Problem zwar einen Namen, aber keine Lösung geliefert. Für mich war es wie in der Fabel mit den zwei Fröschen im Sahnetopf. Ich strampelte und strampelte, um ans Ziel zu kommen, in Unwissenheit darüber, dass ich kein Frosch und mein Topf nicht voller Sahne war. Geblieben war die Arbeit. Mein Laptop, der mich dominierte, verhöhnte.

Selbst jetzt, wo er zugeklappt vor mir lag, konnte ich den blinkenden Cursor im Textfeld der E-Mail spüren, die mitten im Satz abgebrochen war und auf Vollendung wartete.

Und wartete.

Und wartete.

Genauso fühlte ich mich gerade: Wie ein Text, zur Hälfte fertig geschrieben, im Ungewissen, wie es weitergeht. Sollte ich denn weiterstrampeln? Lohnte es sich noch? Ich drehte manisch an meinem Ehering, den ich nur noch aus Gewohnheit trug, und versuchte so das Monster loszuwerden, das sich nun auf meiner Brust festgesetzt hatte und alle Luft aus meiner Lunge presste. Ich versuchte, mit jeder Drehung einzuatmen, auch wenn der Widerstand immer größer wurde. Kurz bevor ich aufgab, hob ich meinen Blick und bemerkte, dass mich alle anstarrten. Einen Bruchteil zu spät realisierte ich, dass mein Handy laut klingelte. Sofort fielen alle Gedanken von mir ab und der Überlebensmodus setzte ein.

Keine Zeit für unnütze Gefühle.

Die Arbeit rief.

Kathy

Der Zug hielt und gab den Blick auf ein hastig gespraytes Graffiti frei, das in großen Buchstaben **CHIARA & LEON 4EVA** in die Welt hinausschrie. Mit diesem Gefühl konnte ich relaten. Auch ich hätte gerne **KATHY ♥ JONAH** auf jede verfügbare Fläche gekritzelt, aber das Zugabteil war voll und mein Edding leer. Also begnügte ich mich damit, die *„Top Deutsche Liebeslieder"*-Playlist rauf und runter zu hören und auf meinem Handy die Fotos von der Klassenfahrt immer wieder durchzugehen.

Zuerst war ich echt genervt davon gewesen, dass noch eine andere Klasse in der Jugendherberge in Hamburg untergebracht war; schließlich hatte ich damals noch große Pläne mit Benne gehabt und da konnte ich es wirklich nicht gebrauchen, dass mir irgendein Mädchen dazwischenfunkt. Ich war perfekt vorbereitet gewesen, hatte wochenlang mit ihm geflirtet, meine besten Klamotten eingepackt, alles geplant. Niemand – wirklich niemand – sollte es wagen, mir meinen großen Moment zu ruinieren.

Und dann hatte ich Jonah gesehen.

Und all meine kindischen Pläne hatten sich in Luft aufgelöst.

Jonah war ganz anders als Benne. Viel tiefgründiger. Unsere Blicke hatten sich beim Frühstück über der Hagebuttenteekanne getroffen und da hatte ich es gewusst. Das war nicht nur ein *Crush* – das war Liebe!

Ein seliges Lächeln schlich sich auf mein Gesicht, als ich an die letzte Woche dachte. Gerade als ich die letzte Begegnung mit Jonah nochmal durchleben wollte – wir waren Eis essen gegangen und er hatte mich geküsst, wobei seine Lippen noch leicht nach Zitronensorbet schmeckten –, holte mich ein lautes Geräusch in die Realität zurück. Der alte Mann eine Reihe weiter hatte mega aggressiv seinen Laptop zugeklappt und starrte mich jetzt wütend an.

Ich starrte wütend zurück.

Mit seinem blauen Anzug sah er vom Typ her genau aus wie meine Mutter. Die Karrierefrau. Die es liebte, arbeiten zu gehen. Der war sicherlich genauso: ein erfolgreicher Geschäftsmann mit einem Haufen Kohle und keinem Gewissen. Widerlich. Ganz anders als Jonah, der

Umweltaktivist werden wollte, um das Klima zu retten. Sofort schlug mein Herz wieder höher.

„Na, wart ihr auf Klassenfahrt?", fragte plötzlich die blonde Mutti neben mir und lächelte mich an, wobei noch ein einzelnes Salatblatt auf ihrem Schneidezahn klebte.

„Hm? Ja.", sagte ich abgelenkt und pulte aus Höflichkeit einen AirPod aus meinem Ohr.

„Schön. Mein Sohn ist jetzt in der neunten Klasse, aber auf Klassenfahrt waren sie nicht. Wo wart ihr denn?"

„Hamburg."

Leider – leider! – schienen meine einsilbigen Antworten sie nicht zu stören und jetzt legte sie so richtig los, erzählte von Hamburg, ihrem Mann und ihrem perfekten Leben, während das Salatblatt mal nach rechts und dann nach links wanderte.

Ich lächelte die Frau irritiert an. Was war los mit Erwachsenen? Warum hatten sie immer das Bedürfnis, fremden Menschen viel zu detailliert irgendeinen Kram zu erzählen? Und viel wichtiger: Würde ich auch mal so werden?

Um das wachsende Grauen abzuschütteln, schob ich unauffällig den Kopfhörer wieder in mein Ohr und ließ meine Haare nach vorne fallen.

Nein. Ich musste mir keine Boomer-Gedanken anhören, ich hatte was Besseres zu tun. Wie meine Zukunft in die Hand zu nehmen. Mit Jonah. Für immer.

In Gedanken sprayte ich mein Liebesbekenntnis auf einen vorbeifahrenden Zug und die Endorphine kribbelten in meinem Magen wie eine frisch geöffnete Coladose. Träumend malte ich mir mein nächstes Treffen aus und lächelte.

Jetzt musste ich nur noch seine Nummer bekommen.

Josef

Der Wind zerzauste meine Haare, während ich vorne auf dem Lenkrad des roten Fahrrades saß und gemeinsam mit meinem allerbesten Freund Ivo den Berg hinunterrauschte. Ich fühlte mich frei, so frei. Wie eine Möwe, die ihre majestätischen Flügel ausbreitete und über den weiten Ozean glitt, ungewiss, wohin der Wind sie tragen würde. Im Einklang mit den Kräften der Natur.

Ich schloss die Augen und breitete meine Arme aus, während das Rad Fahrt aufnahm. Ein Freudenschrei bildete sich in meinem Magen, fand den Weg zu meinen Stimmbändern, hinterließ ein kribbelndes Prickeln und entlud sich schließlich mit voller Kraft. Es gab kein Vorher, kein Nachher. Nur das Jetzt. Und das Jetzt war perfekt.

Dann wurde ich, körperlich wie sinnbildlich, in die Realität zurückgeschleudert, als die Reise abrupt endete. Schmerz durchzuckte mich, als ich auf dem Kiesweg aufkam, und ich blickte mich panisch nach Ivo um. Wenige Meter entfernt thronte er auf seinem Rad, mit der Macht über Geschwindigkeit und Stillstand.

Ivo grinste mich an.

Ich grinste zurück.

Dann drehte sich mein Freund um und nahm die ganze Freiheit mit, während er immer schneller werdend nach unten rollte.

Ich blickte mich um. Die Freude tropfte träge von mir herunter und versickerte zwischen den kleinen Steinen der Einfahrt meiner Eltern. Dann ging ich einen Schritt auf das Heim zu, das so viel versprach und so wenig hielt.

„Opa, ich habe eine Zwei in Mathe und eine Drei in Deutsch.“

Meine Gedanken wurden von meinem Enkelsohn unterbrochen, während wir mit 200km/h Richtung Salzburg fuhren. Ich brauchte einen Moment, um mich wieder zurecht zu finden, war mein Körper doch gerade im Bruchteil einer Sekunde um 70 Jahre gealtert.

„Na, immerhin.“, sagte ich daher mit etwas Verspätung, aber einer gehörigen Portion Stolz in der Stimme. Er war ein guter Junge. Er würde seinen Weg gehen.

Dann schloss ich wieder die Augen, war wieder auf dem Berg, genoss die Freiheit und die letzten Momente mit Ivo, den ich nie wieder hatte sehen können.

Milo

- Gute Nacht von Franz Schubert

Ich verstand die Worte nicht, aber liebte die Musik von Schuberts Winterreise. So war es immer schon gewesen. Wörter, Sätze, Gespräche – das war kompliziert.

Es gab immer so viel Interpretationsspielraum, Dinge, die ich nicht verstand. Tonfall, Körpersprache, Ironie. Bei der Musik gab es keine Ironie, nur Gefühle. Sie konnte Stimmung aus dem Nichts erschaffen. Glücklich machen, wenn ich traurig war. Oder den perfekten Ausdruck für das finden, was sowieso schon da war.

Meine Finger bewegten sich wie von selbst auf meinem Bein, riefen die Tastenfolgen ab, die ich stundenlang auf dem E-Piano zu Hause eingeübt hatte. Ich wünschte mir, dort zu sein, an meinem Klavier, mit den Kopfhörern auf.

Stattdessen saß ich viel zu eng neben meinem Großvater, einer Frau, die zu viel Selbstbräuner aufgetragen hatte (ich kannte die verräterischen Spuren an Handgelenk und Hals von meiner Mutter nur zu gut) und einem Mädchen, das alle paar Taktschläge ihr Lipgloss nachzog.

Ich mochte keine Menschen.
Ich mochte nur Musik.

Und trotzdem war ich hier, Stunde um Stunde im Zug, als Begleitung für meinen Großvater zum Schultreffen. Erst hatte ich nicht mitkommen wollen, aber die Schulpsychologin hatte mir ans Herz gelegt, mehr unter Menschen zu gehen und mein Großvater war ein Mensch.

Außerdem – nicht unwichtig – spielten sie in Salzburg gerade „Die kleine Nachtmusik" und wo konnte man sie besser genießen als in der Mozartstadt?

In der Stille zwischen zwei Liedern hörte ich das Plappern der Frau gegenüber. Ob mein Großvater sich auch mit mir unterhalten wollte? Schließlich hatte er mich zu diesem Zweck ja mitgenommen.

Ich öffnete die Augen und schielte auf den Nebenplatz, auf dem der alte Mann saß und in die Leere blickte. Sicherlich wartete er darauf, dass ich mich mit ihm unterhielt. Aber über was? Unbewusst verstärkte ich den Tastendruck auf meinem Bein, griff mit Links die Akkorde und hinterließ mit meiner rechten Hand eine Spur aus Melodie auf meinem Oberschenkel.

Aber über was?
Mit Musik konnte der alte Mann nichts anfangen und alles andere hatten wir schon besprochen.
Also über was?

Schule, ploppte es in meinem Kopf plötzlich auf. Klassentreffen. Schule. Noten. Erwachsene liebten Noten.
Welch Ironie, denn ich liebte auch Noten, aber häufig genug meinten wir nicht dasselbe.

„Opa, ich habe eine Zwei in Mathe und eine Drei in Deutsch", sagte ich deswegen eine Spur zu laut. Ich hatte vergessen meine Kopfhörer abzuziehen und das Mädchen gegenüber zuckte kurz zusammen. Schnell pausierte ich die Musik und wartete auf eine Reaktion meines Großvaters.

Dieser blickte mich nur mitleidig an und sprach „Na, immerhin", bevor er die Augen schloss und damit das aufkeimende Gespräch im Kern erstickte.

Irritiert schaue ich noch einige Sekunden auf mein Gegenüber und dann aus dem Fenster.

Ich würde Menschen nie verstehen.

Dann drückte ich auf Play, ließ mich von der Musik erfüllen und blickte hinaus, in die immer dichter werdende Dunkelheit.

Ich schwebte vor Glück.

Ein Zustand, den ich jahrelang vermisst und dann vor ein paar Monaten wiederentdeckt hatte.

Ein Zustand, der schier süchtig machte, vergleichbar mit dem Gefühl, wenn die Roulettekugel rollte und auf der roten Sieben landete. Nur, dass es dort eine 1:37fache Chance aufs Gewinnen gab und das prickelnde Glück bereits nach wenigen Atemzügen verschwand. Hier nicht. Es blieb, war dauerhaft. War mir.

Und der Zustand hatte einen Namen: Kurt.

Kurt. Wie aus dem schrecklichen Frank-Zander-Lied, das mir immer mehr ans Herz gewachsen war und das ich teilweise unbewusst summte, während ich meinen eintönigen Alltag bewältigte.

Kurt. Dessen schiere Existenz mein Leben, die Welt, besser machte, sinnhafter machte. An den ich jetzt denken konnte, während ich die Wäsche für meinen Sohn faltete oder das Mittagessen für meinen Mann zubereitete.

Kurt. Ein Ausdruck von Lust, Leidenschaft und Liebe.

Nie hätte ich gedacht, dass gerade mir so etwas noch passieren würden, schließlich war ich nicht mehr die Jüngste und meine Oberschenkel mehr als nur einen Tick zu breit für die aktuelle Mode. Doch das war meinem Liebsten nicht nur gleichgültig, er verehrte meinen unvollkommenen Körper. Behandelte mich wie eine Königin. Begehrte mich. Nicht wie mein Mann, dessen Berührungen im gemeinsamen Ehebett nach der Geburt unseres Sohnes ungefähr so wertvoll waren, wie eine Kreuz Zwei auf der Pokerhand. Der Gerechtigkeit halber muss man gestehen, dass auch ich zwischen Windeln wechseln, Schlafmangel und sich-Sorgen-machen einfach keine Energie mehr hatte. Aber dann, kaum 15 Jahre später, traf ich meinen Seelenverwandten. Auf einer Konferenz in München war Fortuna mir hold gewesen. Ich hatte aus Versehen das falsche Glas gegriffen, doch statt sauer zu werden, überließ er mir generös sein Kaltgetränk. Und ein Maß führte zum anderen.

Ein lautes Handybimmeln unterbrach meine romantischen Gedanken. Ich funkelte den abgemagerten Geschäftsmann wütend an. Genauso schnell wie hochgekocht, verpuffte meine Rage allerdings, als ich das junge Mädchen neben mir bemerkte. Sie hatte sich abseits ihrer Klasse gesetzt und durchforstete ihre Bildergalerie. Besonders häufig waren kitschige Paarmotive mit einem Jungen mit Dreadlocks zu sehen. Traurigkeit überkam mich, konnte ich doch keine gemeinsamen Bilder mit Kurt machen.

„Na, wart ihr auf Klassenfahrt?", fragte ich, um mich selbst abzulenken.

„Hm? Ja.", antwortete das Mädchen noch ganz in Gedanken.

„Schön. Mein Sohn ist jetzt in der neunten Klasse, aber auf Klassenfahrt waren sie nicht. Wo wart ihr denn?", bohrte ich weiter, denn die Melancholie war noch nicht ganz verschwunden und ich wollte die letzten Stunden vor der Heimkehr nicht mit negativen Gefühlen verschwenden.

„Hamburg", informierte mich das Mädchen höflich und mich durchfuhr es wie ein Blitz.

Hier kannte mich niemand.

Keiner konnte mich hinterfragen, verurteilen.

Niemand wusste von meinem Mann.

Endlich konnte ich meine Liebe mit jemandem teilen!

Sofort sprudelte alles aus mir heraus, ich erzählte von meinem Kurzurlaub mit Kurt, ging auf in der Liebe und diesem wundervollen Gefühl von Freiheit. Und gerade, als ich mir alles von der Seele geredet hatte, fuhr der Zug über eine Brücke und gab einen sensationellen Blick auf einen Vogelschwarm preis.

Ja, es war unbestreitbar: Ich schwebte vor Glück.

Emine

Kein Kind ist ein Problem.

Ich biss mir auf die Innenseite meiner Lippe, um mich davon abzuhalten, gleich loszubrüllen. Nicht wegen der Schulklasse, die lärmend durch den Zug tobte, sondern wegen meines unsäglichen Kollegen, der nicht nur vergessen hatte, Sitzplatzreservierungen zu machen, sondern mir jetzt auch noch augenrollend in Bühnenlautstärke verkündete: „Das passiert, wenn man alle Problemkinder in eine Klasse steckt." Als ob ich seine Verbündete wäre und nicht er maßgeblich für die Situation verantwortlich.

Und außerdem: Kein. Kind. Ist. Ein. Problem.

Ich schluckte zusammen mit etwas Blut meine Antwort hinunter und lächelte unverbindlich. Schließlich war ich neu an der Schule, nur als kurzfristige Begleitperson auf der Klassenfahrt eingetragen und wollte nicht die Autorität des Klassenlehrers und Fachschaftsleiters infrage stellen. Und, um ehrlich zu sein, war ich vollkommen überfordert. Und übermüdet. Und über alles. Seit den letzten Ferien, die ich zwischen Korrekturen und komatösen Zuständen verbracht hatte, waren meine Tage gefüllt mit Klassenkonferenzen, Unterrichtsvor- und Nachbereitung, Flurgesprächen, massenhaften Kopierarbeiten, zusätzlichen Arbeitsgruppen und LRS-Testungen. Nie hörte es auf, nie war es genug. Das eigentliche und wundervolle Unterrichten machte nur einen Bruchteil meiner Tage aus, was dazu führte, dass ich abends häufig wie betäubt vor meinem Berg an Arbeit saß und in die Leere starrte, während meine Tränen leise in das halbvolle Weinglas tropften. Nach der Schule war jede Zusatzaktion ein Kraftakt, jede Verabredung eine Überwindung. Ich sehnte mich nach Ruhe und Stillstand. Und vormittags – vormittags bewegte ich mich nur rennend fort, von einem Raum in den nächsten, von der Pausenaufsicht zum Klo, immer mit der Zeit im Nacken, immer zu spät. Gleich dem Kaninchen aus *Alice im Wunderland*.

Ich verzog das Gesicht, als ich sah, wie ein Schüler einem anderen das Smartphone wegnahm und dann höhnisch lachend genau aus dessen Reichweite entfernt hielt, eine Hand in dessen Gesicht gedrückt. Sofort rasselten Inhalte von fünf Jahren Studium auf mich ein und mein Gehirn öffnete die Schubladen „Pädagogische Psychologie", „Gewaltfreie Kommunikation" und „Gefährdung". Zwei Akteure, einer vermutlich vernachlässigt, sehnt sich nach Aufmerksamkeit, kennt nur Gewalt. Der andere Mobbingopfer, machtlos, hoffentlich kein Suizid- oder Amokkandidat. Der metallische Geschmack in meinem Mund verstärkte sich.

„Sollen wir nicht mal was machen?", fragte ich mit gezielt kontrollierter Stimme und nickte in Richtung des anhaltenden und immer grausamer werdenden Schauspiels, das man nicht mehr als Dummjungenstreich abstempeln konnte.

„Da kannst du nichts mehr machen.", antwortete mein Kollege und schloss die Augen. Ich blieb noch einen Moment sitzen, überwältigt von all den Gefühlen, die auf mich einprasselten und mich handlungsunfähig machten. Fassungslosigkeit kämpfte mit Gehorsam. Wut mit Zukunftsangst. Dann rauschte das Blut zurück in meinen Körper, gleich der Sturmflut aus Otto Ernsts Ballade *Nis Randers* und ich drängelte mich entschlossen an meinem Kollegen vorbei, hin zu diesen verletzten Jugendlichen, die so unterschiedlich und doch so offensichtlich litten. Ich wollte sie nicht aufgeben, konnte sie nicht aufgeben. Egal wie unbequem es war, wie anstrengend, wie auslaugend.

Ich war da. Ich war ich. Und wenn ich es auf diesem herausfordernden Weg schaffen würde, ein Kind zu retten, nur ein einziges Kind.

Es hätte sich alles gelohnt.

Gelangweilt blätterte ich durch das Magazin, das jemand auf dem Sitz neben mir hat liegen lassen, da mein Handyakku den kritischen Status bereits unterschritten und mich so in der analogen Welt alleine zurückgelassen hatte. Ich versuchte vergeblich, die lärmende Schulklasse, die telefonierenden Geschäftsleute und die quasselnden Reisegefährten auszublenden und mich auf die in viel zu grellen Farben plakatierten Überschriften zu konzentrieren. Sofort nahm meine Aufmerksamkeit wieder ab. Wen interessierten schon die neusten Modesünden auf irgendeinem roten Teppich? Mode war schließlich nur ein Konstrukt, geschaffen vom Kapitalismus, um uns einen Sinn in der Lohnarbeit vorzugaukeln. Gerade wollte ich angewidert die Zeitschrift zuklappen, um mich stattdessen aus dem Fenster schauend Tagträumen hinzugeben, als mein Blick an den alles verändernden Zeilen hängen blieb:

Verliebt, verlobt, verheiratet – für Schützen ist diese Woche wirklich alles drin! Das Sternzeichen kann sich über tolle Harmonien, ein heißes Sexleben und große Emotionen freuen, denn Glücksplanet Jupiter macht das Liebesleben zurzeit einfach magisch.

Konnte das wirklich sein? Konnte ich endlich die Liebe finden? Vielleicht sogar heute, hier in diesem Zug? Freudig zog sich mein Magen zusammen. Ich nahm das Magazin hoch und blickte verstohlen über den Rand. Unbewusst blendete ich alle Jugendlichen und Senioren aus – ich hatte zwar hinsichtlich Geschlecht und Hautfarbe keine Präferenz, aber manche Dinge waren selbst mir zu wild – und musterte zwei Personen am Ende des Ganges. Die eine hatte ihre Kapuze tief ins Gesicht gezogen und lehnte am Fenster, wobei sich das Spiegelbild deutlich im Glas abzeichnete und geschlossene Augenlider preisgab, unter denen es zuckte. Vermutlich schlief die mysteriöse Figur und träumte von einer aufregenderen Welt. Auf der anderen Seite saß eine schwangere Frau. Konnte ich mit jemandem zusammen sein, der ein

Kind erwartete? Bevor ich mir diese Frage beantwortete, sah ich das Kreuz um den Hals der Frau baumeln und mein Interesse verflog. Schwanger, schön und gut. Aber gläubig? Ich unterdrückte ein Schnauben. Wer in Jesu Namen war denn heutzutage noch gläubig?

Von dem Wunsch getrieben, heute noch mein Schicksal zu erfüllen, setzte ich mich um, sodass ein junges Mädchen mit senfgelbem Oversizepulli und fantastischen Wangenknochen in mein Visier geriet. Zwar sprühten zwischen uns nicht direkt die Funken, aber Liebe war kein Wunschkonzert. Also klappte ich das Magazin zu und sammelte, gezielt ein- und ausatmend, all meinen Mut zusammen.

Doch ehe sich mein Körper von den blau-weiß-gepunkteten Sitzen erheben konnte, spürte ich ihn. Wie seine übermächtige Präsenz nach mir rief. Meine Armhärchen stellten sich in freudiger Erregung auf, während meine Augen seine fanden. Wie Eisblitze jagten sie elektrische Schläge durch meinen Körper, während er, gleich einem grauen Panther, stilsicher durch den Gang stolzierte. Auf meiner Höhe angekommen, legte er sinnlich eine Hand auf meine Schulter, zog sie verspielt wieder weg und hinterließ so eine heiße Spur aus Lust, die sich von meiner Schulter abwärts ihren Weg zwischen meine Beine bahnte. Jupiter sei Dank! Kurz nahm ich mir noch die Zeit, dieses aufkommende Gefühl – eine Mischung aus Nervosität und Triumph – zu genießen, dann richtete ich schnell in der Fensterscheibe meine Haare und wartete auf seine Rückkehr.

Hoffentlich war er Wassermann.

Jaonsh

Der Boden schaukelte leicht, kippte zur Seite, wie auf einem Ruderboot, auf dem man zu viel rumturnte, um dieses eine Bild zu machen, das der Welt beweisen sollte, dass man doch keine Niete war. Meine Schulter meldete sich schmerzhaft, als ich gegen einen von den Sitzen prallte, die sich in unendlichen Paaren vor mir aufreihten und mir nur den kleinstmöglichen Platz einräumten, um von A nach B zu gelangen. Ich visierte mein Ziel am Ende des Ganges an und wagte einen erneuten Schritt, während meine Hand aus Versehen die Schulter einer Frau statt des vorgesehenen Griffs als sicheren Stützpunkt nutzte. Vielleicht schwankte auch nicht der Zug.

Mit höchster Konzentration bahnte ich mir den Weg nach vorn, schloss erst die Tür und dann meine Augen und tastete mit zitternden Fingern nach der Zigarette in meiner Hosentasche. Voller Sehnsucht dachte ich an die besseren Zeiten, in denen Rauchen im Zug noch nicht verboten war und man nicht gleich einem Verbrecher alle Spuren vor dem Verlassen des Tatorts heimlich verwischen musste. Doch noch wollte ich nicht an die Konsequenzen meines Handelns denken, wollte lieber spüren, wie das Nikotin durch meine Adern rauschte und den trägen Alkohol ersetzte, der sich dort breit gemacht hatte.

Betrübt betrachtete ich mein eigenes Gesicht in dem kleinen angelaufenen Spiegel, während ich noch einen rettenden Zug nahm. Grau und zugleich blässlich sah ich aus, mit breiter Nase und zu vielen Falten. Selbst die eisblauen Augen, die früher so viele Männer verführten, hatten an Glanz verloren.

Alt.

Irgendwann in den letzten Jahren war ich alt geworden, hatte nie angehalten und mich gefragt, ob ich hier noch richtig war, an diesem Platz, in diesem Leben. Vielleicht sollte ich mit dem Rauchen aufhören. Das Trinken reduzieren. Eine Therapie machen. Mir Ziele im Leben setzen.

Ich schoss den Rauch aus meinen Nasenlöchern aus. Bis zu welchem Lebensjahr konnte man seine Gewohnheiten ändern? 50? 60? Noch war ich nicht da, aber weit davon entfernt war ich ehrlicherweise auch nicht mehr.

War ich womöglich nicht nur alt, sondern *zu* alt?

Nein. Unmöglich.

Mit einer Hand straffte ich meine Augenfältchen und versuchte zu lächeln. Kurz blickte mir meine jüngere, bessere Version entgegen und der durch die Bierflasche in meinem Rucksack erkaufte Übermut kam schlagartig zurück. Beherzt entriegelte ich die Kabinentür, trat einen Schritt hinaus und schwankte an meinen Ausgangspunkt zurück.

Wie beschreibt man Leid?

Wie macht man anderen begreiflich, was man fühlt?

Der eigene Schmerz ist etwas so Individuelles, Normales, Selbstverständliches, dass man genau weiß, wie man sich fühlt, wenn man sagt: Mir geht es nicht gut. Und alle nicken, tätscheln einem den Arm, zeigen ehrliches Interesse oder drücken ihre Empathie anders aus. Und doch – doch weiß eigentlich niemand, was der andere meint, wenn dieser die Worte ausspricht.

Ich will versuchen, es zu beschreiben.

Wenn ich sage, mir geht es heute nicht gut, dann ist das ein Euphemismus. Es geht mir dann nicht nicht gut. Es geht mir schlecht. Mein Körper fühlt sich an, als ob mein Brustkorb gewaltsam geöffnet wurde und mein Herz und meine Lunge für jeden sichtbar sind. Als ob jemand ein kleines, aber sehr scharfes Messer nimmt und mit der flachen Seite über meine Organe streift. Mit einem Ratschen, das mir den Atem raubt. Mein Körper verkrampft sich innerlich, zieht sich zusammen, hält die Luft an, versucht Kontrolle zu gewinnen. Jeder Atemzug ist eine Überwindung, jedes Zucken muss unterdrückt werden. Es fühlt sich an, als ob man in einem Schrank eingesperrt ist und durch den Türschlitz schaut, hoffend, dass die draußen lauernde Kreatur nicht auf einen aufmerksam wird. Nur niemandem in die Augen schauen, kein Geräusch machen, leise weinen, wenn der Körper einen dann schließlich verrät und die Tränen nicht mehr aufzuhalten sind. Und wenn das geschieht, hast du noch einen kurzen Moment, eine einzige Chance, um doch noch die Situation zu retten und die Mauer wieder hochzuziehen. Wenn dein Innerstes zittert, bleibt dein Äußeres ruhig und ganz langsam, ganz unauffällig, suchst du dir einen Druckpunkt am Körper und schlägst deine Fingernägel rein, um dich von dem Schmerz im Inneren abzulenken; das Gesicht neutral, während die anderen mit dir reden. Bloß nicht auffallen, bloß nicht zeigen, wie kurz vor dem Abgrund du stehst, denn deine Gefühle haben hier keinen Platz, du übertreibst doch, so schlecht kann es dir nicht gehen, sieh doch das Positive.

So geht es mir, wenn ich mich traue zu sagen, dass es mir nicht gut geht.

Und heute, den Kopf an das kalte Zugfenster gepresst, auf meiner Reise ins Nirgendwo, ohne Fahrschein, ohne Ziel; heute ging es mir nicht gut.

Elizabeth

Mir war kalt. So kalt. Mit bibbernden Lippen schlang ich den dicken, gelben Wollpullover wie einen Schutzschild um meinen Körper und hoffte, dass er die Kälte noch etwas fernhalten und mir Gnade schenken würde. Ich kontrollierte meinen Atem, der durch das luftige Zugabteil wehte und die anderen Fahrgäste leicht berührte, die auf dem Weg zur Arbeit, zu ihren Liebsten oder in die Freiheit waren. Auch ich konnte mich in diese Kategorien einordnen, saß ich doch nur in diesem Zug, weil Marlene auf einen Besuch bestanden hatte. Weil sie sich Sorgen machte. Weil Zwillingsschwestern nun mal so waren.

Ich schloss die Augen und ließ das Wochenende Revue passieren. Wir hatten viel Spaß, so wie früher. Lange Spaziergänge und kurzweilige Gespräche. Wir redeten über Arbeit, Liebe, die Familie. Nur ein Thema ließen wir aus, respektierte sie doch endlich, dass ich nicht darüber reden wollte. Vielleicht hatte ich es geschafft, ihre Sorgen zu zerstreuen. Schließlich war ich sehr vorsichtig gewesen. Vielleicht hatte sie nichts gemerkt.

Vielleicht konnten wir endlich wieder zusammenfinden.

Ich öffnete die Augen und mein Blick traf eine junge Frau, deren hungriger Gesichtsausdruck mich tiefer in meinen Sitz rutschen ließ. Komplett in Leomuster gekleidet, sah sie aus wie eine Hauskatze auf Jagd und ich war offensichtlich ihre Beute. Ihre zu langen Fingernägel krallten sich in eine Zeitschrift.

Bitte schau mich nicht an.

Ich zitterte vor Erleichterung, als sich ihre Aufmerksamkeit einer anderen Person zuwendete. Wie von selbst griff ich nach dem schwarz-weiß gepunkteten Schal in meiner Tasche, doch stattdessen zog ich einen kleinen, viereckigen Plastikbecher aus dem Rucksack, den jemand in letzter Sekunde hineingeschmissen haben musste. Mein Hirn schoss mir die Informationen zu, bevor meine Augen den Gegenstand erreichten.

Bananenjoghurt mit Schokochips. 175 Gramm. 247 Kalorien. 30 Minuten Laufband bei 8 km/h.

Heiße Wut überrollte mich. Marlene. Wie konnte sie es wagen? Ich spürte, wie meine Lippen trocken wurden und mein Magen übersäuerte. Marlene. Wie paralysiert starrte ich auf den Geschmack meiner Kindheit, diesem Zeichen, dass ich versagt hatte, sie besser war als ich, sie alles merkte.

Hatte am Ende sie das ganze Wochenende mich reingelegt? Hatte sie nur darauf gelauert, dass ich einen Fehler machte, mich entblößte, die Kontrolle verlor? Hitze überzog mein Gesicht, hinterließ rote Punkte auf meiner blassen Haut, die jetzt ekelhaft aufgedunsen wirken musste und der Joghurt in meinen Händen zitterte. Speichel sammelte sich in meiner Mundhöhle. Ich konnte die künstliche Süße fast schmecken, während ich mich kurz der Vorstellung hingab, den Deckel abzuziehen und mir alles einzuverleiben. Den Joghurt vor mir. Den Apfel von der Frau gegenüber. Alles Essen in diesem Zug. Ich würde alles verspeisen, nie wieder aufhören, nichts kontrollieren. Mein Körper würde sich ausdehnen, ich würde aussehen wie die perfekte Marlene mit dem dicken Gesicht und den Augen, die alles sahen. Auch sie würde ich verschlingen, bis ich endlich meine Ruhe hätte, endlich alleine wäre.

Der Zug hielt abrupt an und der Joghurt fiel mir aus der Hand, schlitterte zu der jungen Frau, die ihn mir schüchtern lächelnd wieder zurückgab, während Apfelsaft langsam auf ihren

Schundroman tropfte und den nackten Oberkörper eines Wikingers benetzte. Mit fester Bewegung packte ich ihn zurück in meine Tasche, holte den Schal hinaus und platzierte ihn um meinen Hals.

Der Sturm in meinem Inneren löste sich auf.

Dann war mir wieder kalt.

Mein Magen fiel mindestens eine Etage tiefer und mein Puls beschleunigte sich, als Jack seine Catherine enttäuscht anblickte und dann stehen ließ. Es ist nur ein Missverständnis, wollte ich ihr am liebsten zurufen und ihn an einer Hand zurückschleifen.

Begierig las ich den letzten Absatz des Kapitels, dann legte ich meinen Zeigefinger zwischen die Seiten und nahm mir einen Moment Zeit, um den herrlichen Gefühlscocktail zu genießen, den diese Geschichte in mir auslöste. Welche Hindernisse würden Held und Heldin noch überwinden müssen, bevor sie ihr ganz persönliches Happy End bekamen?

Ich lächelte überlegen. Wenn alles nach Plan lief, war ich ebenfalls gerade auf dem besten Weg in meine glückliche Zukunft. Wie die letzten fünf Teile eines Puzzles setzte sich alles zusammen, als die Hochzeitseinladung von Schulfreunden in meine unaufgeräumte Zweizimmerwohnung flatterte.

Zwischen den unbezahlten Rechnungen (nicht unbezahlt, weil ich kein Geld hatte, sondern weil

Papierkram zu erledigen an den meisten Tagen eine unüberwindbare Hürde für mich darstellte) und Payback-Prospekten lag an einem schicksalsreichen Dienstag ein cremefarbener Briefumschlag. Sofort hatte ich „Ich komme gerne", „vegetarisch" und „Ohne Plus 1" angekreuzt und die Antwortkarte auf dem Weg in die Stadt eingeworfen, wo ich mir einen fantastischen Jumpsuit mit Goldstreifen leistete, der meine dunkle Haut zum Strahlen brachte.

Er war gekommen. Mein Moment. Nach 10 Jahren und unzählbaren Tränen würde ich Louis wiedersehen, der nach unserer stürmischen Romanze im Sommer nach dem Abitur nach Würzburg gezogen war, um Arzt zu werden und Menschenleben zu retten. So war er immer schon gewesen: der perfekte Mensch, idealistisch, gutmütig, aus einer tollen Familie stammend. Der Zug hielt und der chaotische Fahrgastwechsel holte mich ins Hier und Jetzt zurück, als eine ganze Schulklasse endlich ausstieg. In der darauffolgenden Stille konnte man das laute Wuschen der Schiebetür laut hören, als der Mann meiner Träume das Abteil betrat. Lässig setzte sich die nun ältere Version meiner Jugendliebe auf einen leeren Zweiersitz und schaute interessiert aus dem Fenster.

Ich schloss meine Augen, zählte bis drei und öffnete sie wieder.

Es wäre nicht das erste Mal, dass ich mir in den letzten Jahren Louis herbei fantasiert hätte. Doch da saß er nun und mein Mund wurde trocken. Was sollte ich jetzt tun? Mich zu ihm setzen? Ihm winken?

Panik! schrie alles in mir. So war das nicht geplant. Warum reiste er auch zu früh an? Und wo war sein Gepäck? Er *würde* doch zur Hochzeit fahren? Oder? Oder nicht?

Ich bekam einen kurzen Herzstillstand, als sich eine hübsche Brünette auf den Platz neben ihn setzte. Das Lächeln, das er dieser Fremden schenkte, warf mich glatt zehn Jahre zurück und mein Teenager-Ich kaperte mein Gehirn.

Geh zu ihm, schrie es.

Zeige ihm, wie cool du jetzt bist. Wie gut du aussiehst, wie erfolgreich du bist. Küss ihn! Dann zeig ihm, wie egal, er dir ist. Dann küss ihn wieder.

Nein!, unterbrach ich bestimmt die hormongesteuerten Gedanken und übernahm die

Kontrolle zurück – doch: zu spät. Mein Herz zog sich zusammen, als ich durch das Fenster sah, wie Louis telefonierend ausstieg und mit seinen gepflegten Händen seine Schläfen massierte. Hoffentlich ging es ihm gut. Übermorgen, erinnerte ich mich selbst. Übermorgen kannst du ihn fragen. Und jeden weiteren Tag deines Lebens.

Ich entspannte mich wieder, als mein Blick auf das hübsche Cover in meinem Schoß fiel. Eine gemeinsame Zugfahrt war nicht halb so romantisch wie zwei Blicke, die sich auf der Hochzeit von alten Freunden über der Menge hinweg trafen.

Am Ende wird alles immer gut.

Schließlich war dies meine Geschichte.

Der Zug fuhr an und mit prickelnden Glücksbläschen im Bauch öffnete ich mein Buch. Happy End. Ich komme.

Louis

Ich drehte die Musik so laut, wie es meinen Noise-Canceling-Kopfhörern möglich war und blinzelte die Tränen weg, die sich gleich dem Beat aufbauten und wieder abflachten. Ich hatte es geschafft, hatte überlebt. Wieder eine Familienfeier weniger, bei der meine Eltern sich stritten, meine Verwandten sich betranken und jemand sich um alles kümmern musste. Ich mich um alles kümmern musste.

Pressure, like a drip, drip, drip that'll never stop,
whoa
Pressure that'll tip, tip, tip 'til you just go pop,
whoa, oh, oh,

tönte die preisgekrönte Filmmusik aus *Encanto* auf meinen Ohren. Das Loch um mich herum wurde immer größer, drohte, mich zu konsumieren. Ich hielt die Luft an, bis meine Lungen zu platzen drohten und weiße Punkte vor meinen Augen tanzen.

Wer war ich, wenn ich nicht nützlich war?
Wer war ich überhaupt?

Abgesehen von dem perfekten Sohn mit dem 1,0er Staatsexamen in Medizin, das ich nie wollte, aber es laut meinem Vater der Gesellschaft schuldete, dass ich etwas mit meinem Intellekt anfing. Und da er Anwalt war, hatte ich in einem kleinen Anfall von Rebellion den Juraplatz abgelehnt und mich für Medizin entschieden. An der Uni, die gerade so weit weg war, dass ich meine Eltern nicht jeden Tag sehen musste, aber am Wochenende noch zum Rasenmähen kommen konnte. Kommen *wollte*?

Zu diesem Zeitpunkt war es schwer, meine Wünsche von denen meiner Familie zu trennen, meinen Willen von ihrem.

Ich atmete aus, als eine Frau im letzten Trimester sich neben mich setzte. Ein Haar klebte an ihrer Kreuzkette und ich widerstand dem Drang, es aus seinem goldenen Gefängnis zu befreien. Ich lächelte sie kurz an, holte mein Handy heraus, um zu signalisieren, dass ich nicht mit ihr sprechen wollte und sah mit Erleichterung, dass sie es mir gleichtat. Gut. Reflexartig schielte ich dennoch auf ihr Display.

Wo wohl ihr Mann war?

In diesem Schwangerschaftsstadium sollte sie in dem stickigen Zug nicht mehr alleine reisen.

Noch während der Gedanke sich formte, verarbeiteten meine Augen das Hochzeitsbild auf ihrem Hintergrund. Zwei Brautkleider. Zwei Blumensträuße. Zwei strahlende Gesichter. Scham über meine Heteronormativität mischte sich mit unendlicher Bewunderung über ihre Vereinbarkeit von Kirche und Sexualität. Hier hatte jemand sein Leben wirklich im Griff. Das war kein Drahtseilakt, das war Selbstverwirklichung.

Kurz spielte ich mit dem Gedanken, mein Handy wegzupacken und sie anzusprechen, herauszufinden, wie ihr das alles gelang, da klingelte es in meiner Hand.

„Mutter", verkündete mein Display und das bekannte Gefühl aus Panik, Schuld und Gebrauchtwerdens verdrängte alle anderen Empfindungen. Ich ließ es dreimal klingeln – ein stiller Protest – dann drückte ich heftiger als nötig auf das grüne Hörersymbol.

„Du musst zurückkommen", ertönte es anstelle einer Begrüßung, „die Birke ist nicht richtig geschnitten."

Ich erhob mich entschuldigend, ging vorbei an den Menschen ohne Probleme und zurück an den Ort, wo alle Last auf meinen Schultern verweilte.

Und gerade als ich ausstieg, beendete Luisa Madrigal ihr Lied.